KB110672

# 어무이

맑은소리
맑은나라

그리운 어머니와
세상의 모든 어머니들께

프

롤

로

그

## 신경환 시인

아호 : 右晙
경북 군위 출생
부산문인협회(도시문학)등단
E-mail ckhs8113@naver.com

## 그리운 어머니와 세상의 모든 어머니들께

신은 세상에 고루 할 수 없어 모든 엄마를 두었다고 했다. 서른 몇 해부터 하루도 거르지 않고 그리워하는 나의 엄마도 다르지 않다.

경북 군위의 산골에서 나고 자란 나에게 누나들과 동생들에 앞서 최상의 하늘은 언제나 엄마였다. 너무도 가난하여 꽁보리밥에 의존하던 그 날에도 당신의 허기진 배는 아랑곳하지 않고 언제나 자식들이 우선이었다. 여섯의 자식들을 돌보는 일과 농사일에서 하루도 자유로울수 없었지만, 내가 기억하는 어머니는 늘 미소를 잃지 않으신 관음보살의 화현인양 했었고 때로는 은은한 성모마리아 같았던 엄마는 늘 그렇게 자애로운 모습이셨다.

유년 시절, 학교 마친 후 집으로 돌아오는 길은 늘 설렛다. 도착하면 엄마가 기다리고 있었기에 그 풋풋한 설렘은 지금의 아내를 마주하는 시간과는 또 다른 특별한 무엇이 마을 뒷산처럼 그렇게 든든했다. 그러나 군대 시계만이 더디게 돌아가는 것은 아니었다. 명절 때나 휴가 때라야 겨우 얼굴을 마주하고 손수 해주신 음식을 먹을 수 있는 혜택은 회사에서 주는 보너스만큼이나 기분 좋은 시간이었고 그렇게 엄마를 만나는 시간은 긴 기다림이었다. 내 나이 서른 살쯤, 겨우 예순을 갓 넘기신 나이에 엄마는 몸을 바꾸셨다. 육신의 고단함이, 먹거리가 부족하여 더는 못 버티었던가요? 아니면 훨훨 날아 고단하지도 않을 세상으로 서둘러 가신 것인가요?

나는 세상을 모두 잃어버린 아픔으로 좀처럼 허리를 펼 수가 없었다. 모르긴 해도 허리가 휠 만큼 울었던 망실의 시간이었다.

나이 서른, 성인이 된 나는 애달픈 '생이별'을 경험해야 했다. 직장을 찾아 울산으로 정착해야 하는 시절 인연이 별리를 만들고 만 것이었다.

철이 들어 그렇게도 안쓰러움으로 자리하신 엄마는 내게 별 같은 존재였고 커다란 산이었으며 끝을 알 수 없는 하늘이기도 했다.

내 삶의 쉼표가 필요할 때 엄마는 그렇게 고향 군위에서 더는 만날 수 없는 얼굴이 되었다. 이제 한편의 시조집으로 어무이를 만나 독자들과 함께 공유하는 시조집을 세상에 펼쳐본다.

찬란한 오월, 여전히 그리운 나의 어머니와 세상의 모든 어머니들께 이 책을 바치고 싶다.

저자 신경환

# 차례

봄 볕은 분홍 음표
가지에 찍어 놓고

꽃바람 손놀림에
산과 들 물이 들 때

가슴에
피는 그리움

어느 님의
붓 끝인가

1부

어머님전상서

# 어머님 전 상서

두 발로 써 내려간 굽이친 생의 내력
길고 긴 문장 속에 켜켜이 박혀 있어
펼쳐 본 자식 마음은 만장기로 펄럭인다

육남매 뒷바라지 딛고 간 쓰린 세월
불효자 가슴속에 화인 꾹 찍어 놓고
애타게 우는 소쩍새 내 안에서 커져 간다

# 연어

황혼을 짊어지고
실개천 들어서니

펼쳐진 윤슬 속에
젖 내음 피어나고

여울에
퍼덕이시던
어매 몸짓 선하다

# 만년연

休陵 신경림

그윽에 앉은 늪꽃
해뜨니 웃고가고

상천을 넓은서리
동트면 떠나는데

이고 간
어여의 한는
언제나 녹을까

좋은 김종기 쓰다

# 목련꽃 서정

여섯 잎 풀어 젖힌
백목련 저고리에

순백의 어미 마음
간절히 저며 놓고

봄볕에
만발한 생을
펼쳐 놓고 웃는다

# 연꽃

품 안에 자식 위해 비바람 홀로 맞아
연분홍 그대 몸이 시들어 떨어져도
머물고 가지 못하는 남은 자락 애달다

끝없이 내어 주고 더 주지 못하시어
뒤돌아 먼 길 가며 그 손을 놓지 못해
말없이 흐르는 눈물 자식 마음 적시네

그 끝이 어디일까 수없이 되뇌어도
한평생 주신 마음 그 어찌 헤아릴까
어머님 불러 보아도 대답 없는 메아리여

# 호롱불

방안에 꽃잎 한 장
뜨겁게 피어나면

어매는 중매쟁이
실 바늘 맞선 본다

아뿔싸
숫처녀인가
웃음 짓는 그림자

# 발자국

세월이 할퀴고 간
골 깊은 상흔 속에

겹겹이 쌓인 설움
가슴에 옹이 되어

몰아쉰
어매의 한숨
눈물마저 말랐네

# 백자

새하얀 속살 위에
민초의 삶을 덮고

담백한 심성으로
어매의 혼을 담아

백의의
깊은 속 뜻을
헤아리며 담는다

# 지게

짊어진 인생살이
어깨를 짓누르고

손 마디 굳은살이
터지고 갈라져도

작대기 굳게 잡고서
일어서는 아버지

# 낙엽이 가는 길

가지에 망울망울 분홍 꿈 품어 안고
뜨거운 여름 햇볕 몸으로 막아주며
한 시절 거친 풍파에 붉게 멍든 발자국

계절 끝 매달린 생 흔들려 울고 웃고
구멍 난 허한 가슴 바람에 버석이다
쓸쓸히 외로운 길을 미련없이 떠난다

# 대답없는 님이여

천만년 세월에도
저 산은 푸르른데

분홍 꽃 즈려밟고
먼 길을 가신 님아

소쩍새 밤을 삼키면
밤새 달을 품는다

# 그 손길

손등에 새겨 놓은
굽이 친 한 세월도

숯이 된 가슴 속에
한 많은 흔적으로

골 깊은
갑골문자로
각인되어 흐른다

# 바다

어머니 넓은 마음
아버지 깊은 가슴

두 분의 자식 사랑
끝없이 밀려와서

하얗게 물거품 되어도
주는 정성 끝이 없다

# 기다림

평생을 두 어깨에
지고 온 삶의 무게

흰 허리 시린 바람
아리게 찾아들고

외로운
지팡이 하나
골목길만 지킨다

# 어매

푸른 솔 변함없이 세월을 비켜갈 때
고왔던 어매 얼굴 주름만 쌓이었네
무심한 저 세월조차 본체만체 가는데

재가 된 속마음은 백발로 숨겨 놓고
휘어져 굽은 허리 무언의 말을 할 뿐
한평생 자식 걱정에 깊어 가는 그림자

# 부지깽이

꺼지는 불구덩이
휘저어 살려 놓고

내 몸이 타는 줄은
생각지 못하였다

자식들 키우고 나니
부지깽이 신세네

# 노송 老松

右睅 신경활

푸른솔 늙어지고
굽어진 허리위에

산돌이 굴고가니
백설이 짓눌리네

어머니
이고진 삶도
저나무와 같구나

오늘 김중기 쓰다

# 질경이

운명이 주어진 곳
길섶에 뿌리내려

짓밟힌 생의 쓴맛
멍에로 끌고 가며

오롯이

꽃대 하나를
펼쳐놓는 님이여

# 수박

젖 물린 어린 수박
메말라 타는 밭에

어매는 제몸 짜서
자식들 키워놓고

떠나간
밭 모퉁이에
다비식을 올린다

# 어무이

비탈밭 행간 위에 호미로 글을 쓴다
끈적한 소금 글씨 이마에 그려가며
까막눈 인생의 설움 달빛 아래 새긴다

골 깊게 써 내려간 어매의 육필 문자
굳은살 마디마다 무언의 말을 할 뿐
한 맺힌 삶의 흔적을 온몸으로 음각한다

# 박꽃

순백색 무명치마
피고 진 자리마다

육 남매 주렁주렁
지붕에 둘러 앉아

막내가
젖을 찾으면
보름달이 높게 뜬다

# 묵언

학처럼 목을 빼며
동구 밖 살피시다

고무신 코만 걸어
맨발로 오시더니

어머니
불러 보아도
메아리만 울고 있다

# 만년설

고목에 앉은 눈꽃
해 뜨니 울며 지고

산천을 덮은 서리
동트면 떠나는데

이고 진
어매의 흰 눈
그 언제나 녹을까

# 노송

푸른 솔 짊어지고
굽어진 허리 위에

삭풍이 긁고 가니
백설이 짓눌린다

어머니
이고 진 삶도
저 나무와 같았네

# 단풍

산마루 억새처럼
울 어매 서걱이면

철없던 자식 가슴
서둘러 물이 들고

뒤늦은
붉은 후회가
정처 없이 뒹군다

# 만추

농익은 석양빛을
주름에 덧칠하면

고왔던 우리 어매
그 시절 돌아올까

우수수
떠나간 세월만
발 밑에서 잠잔다

# 더듬다


산비탈 꼬부랑 밭 육 남매 키운 젖 줄
자식들 굶길세라 애타던 마음자락
이제는 호미 자루만 녹이 쓴 채 잠잔다

저 산에 늙은 고목 지금도 푸르른데
어매는 어디 가고 잡초만 서성이나
희미한 상념 덩어리 밭고랑에 뒹군다

골짜기 내려오는 샛바람 부채질에
굵은 땀 닦으시던 아버지 간 곳 없고
먼 산에 메아리 소리 애달프고 서럽다

# 묻어둔 정

파랗게 시린 달빛
봉창을 두드린다

뜨뜻한 아랫목에
어매의 정을 찾아

묻어둔
보리밥 보며
그리움에 젖는다

# 들꽃

찬서리 이고 피는
들국화 모진 삶도

자식을 등에 업은
어머니 길인가요

꽃 지니
남은 향기가
애가 타게 그리워

# 산

흰 구름 덮고 자는
저 산이 높다 하나

열두 폭 어매 치마
산허리 가리셨다

평생을
자식 위하여
끝이 없는 그 마음

# 바람이 가는 길

산마루 고갯길을
울며 넘는 저 바람아

지나면 다시 못 올
그 길을 가고 있네

울 어매
한 번 가신 후
이십 년째 소식 없다

# 엄니의 발자국

진득한 갯벌 속에 한 생을 파헤치며
입 벌린 제비 생각 기역자 허리 되어
둥근달 등에 업고서 푸른 바다 헤쳤다

바지락 머리 이고 십 리 길 장에 가면
초롱한 아기 사슴 골목길 마중 오고
어매는 보따리 속에 꿈을 활짝 펼쳤지

별 캐던 우리 어매 지금은 어디 갔나
갈매기 울며불며 옛님을 찾아와도
실없이 오는 파도는 옛 추억만 나른다

# 옹이

울 어매 매운 삶은
속으로 삭히어서

가슴에 묻은 옹이
보이지 아니하고

재가 된
골 깊은 심정
자식조차 모른다

# 옥수수

척박한 밭두렁에
억세게 뿌리내려

앞뒤로 안고 업고
눈물로 키운 자식

한 생을
모두 주고도
와불되어 머문다

# 몽당비

아린 생 쓸고 지워
멍에를 벗고 보니

닳아서 덜컹거린
육신만 홀로 남아

피안을

넘나들면서
빈 둥지만 지킨다

# 후회의 무게

봄 햇살 머문 자리 피안의 집을 짓고
이승의 번뇌들을 비우지 못하셨나
수북한 근심 걱정만 봉분 위에 자랐네


저 많은 상념들을 손으로 뽑아 갈 때
흐놀다 피어나는 희미한 어매 모습
앙가슴 북을 치면서 붉은 설움 뱉는다

## 소나기

벽공을 먹구름이
뒤덮고 울어 되니

지울 수 없는 추억
그리운 님 생각에

천둥도
가슴을 치며
몸부림을 치는구나

# 억새가 머문 자리

언덕에 뿌리내려 모질게 살아온 삶
깡말라 서걱이는 육신을 움켜잡고
이울어 슬픈 석양에 속울음을 삼킨다

찬바람 등을 밀며 가자고 재촉하니
백발에 홑치마로 능선을 넘어간다
다시는 오지 못할 길 그 먼 곳을 외로이

떠나는 자국마다 가득한 걱정 더미
돌아서 가는 길에 하나 둘 내려놓고
피안의 세계에서는 천년만년 사소서

2부
수레화

# 수채화

봄 볕은 분홍 음표
가지에 찍어 놓고

꽃바람 손놀림에
산과 들 물이 들 때

가슴에
피는 그리움
어느 님의 붓 끝인가

# 진달래

산허리 사르면서
애끓는 두견화야

접동새 밤새 울어
그 심정 달래줘도

꽃잎은 사위어가며
밤을 새워 저민다

# 눈부처

고운 손 맞잡으며
인연의 끈을 묶고

마주한 눈동자에
너와 나 곱게 심어

백 년을
꽃피우면서
함께 익어 가련다

# 용접

너와 나 맞잡은 손
뜨겁게 꽃이 피면

부둥켜 안은 두 몸
녹으며 하나 되어

백 년을
비바람 속에
함께 삭아 가리다

## 냉이의 고뇌

뜨거운 임의 가슴
깊숙이 뿌리내려

긴 겨울 달고 쓴맛
진하게 우려내어

봄이면
그대 입속에
향긋하게 녹는다

# 성냥

그리다 깡마른 몸
사랑의 불씨 되어

외로움 덧칠하며
농익어 기다리다

임의 손 스치는 날에
이 한 몸을 피운다

# 사랑의 밀물

왔다가 밀려가면
파도라 말하지만

울면서 찾아와서
산산이 부서지니

임 향한
일편단심의
사랑이라 말하리

바이선율

右陂 신경환

불어를 두드리는
흐트러진 비의연주

동그란 그대마음
맴도는 나의마음

그대나
한마음되어
강물처럼 흐른다.

도운김종기 쓰다

# 사랑 더하기

가물어 마른 가슴
갈라진 틈 사이로

끝없이 스며드는
포근한 그대 마음

소낙비 적신다 한들
임 사랑만 하리오

# 두물머리

자갈 길 지르밟고 울면서 가는 물아
굽이쳐 부서지는 그 속내 몰랐거늘
중년에 뒤돌아 보니 같은 길을 걸었네

떨어져 넋을 잃고 상처는 거품 되어
물 위를 정처 없이 떠다닌 너의 육신
이제는 노을을 보며 한 몸으로 물들자

먼 길을 돌아돌아 맞잡은 뜨거운 손
두 눈에 심어 놓은 한 떨기 붉은 장미
긴긴밤 별빛을 보며 한 잎 두 잎 피우자

# 무죄


옷고름 풀어 젖힌
농염한 진달래꽃

능선에 아찔하게
겹겹이 모로 누워

발정 난
남정네 가슴
꽃불 화락 지른다

# 두 글자

봄바람 머문 자리
꽃망울 가슴 열고

임 향기 스친 곳에
상사화 붉게 피니

꽃바람
지나간 뒤에
울고 웃는 사랑아

# 수레화

流唫 신영한

봄볕은 봄홍을 풀
가지에 짜여 놓고
꽃바람 눈흘림에
짠라듬 뜸뜸일 때
가슴에
파듬 그리움
어느시절의
붓끝인가

오은감흥기 쓰다

# 비의 선율

물 위를 두드리는
펼쳐진 비의 연주

동그란 그대 마음
맴도는 나의 마음

그대 나
한마음 되어
강물처럼 흐른다

신경환 시조집

2부 수채화

# 우산이 필요해

소나기 내릴 때면
우산을 쓴다지만

마음이 젖을 때는
어떻게 해야 하나

이 밤도 그대 생각에
이슬비에 젖는다

# 시계

그대가 보고파서
긴 다리로 쫓아간다

하루에 스물네 번
그래도 보고 싶다

너와 나
마주한 눈빛
천생연분 인가 봐

# 친구

둥근달 밝혀두고
술잔에 정을 담아

너 한잔 나 한 잔에
이 밤을 지새우니

끝없이 흐르는 정에
익어 가는 두 사람

# 가을 그리다

추풍은 밤을 새워
풍경화 그려놓고

들꽃은 춤을 추며
향기로 유혹해도

둥근달
연못에 빠져
동 트는 줄 모른다

# 장미

뜨거운 가슴 담아
꽃망울 엮어 놓고

그 사랑 무르익어
마음에 지핀 꽃불

이 한 몸
가시가 되어
그대 곁을 지킨다

# 진달래

가지에 고운 순정
알알이 감싸 놓고

봄바람 손짓에도
참고 또 참았다가

내 사랑
오시는 날에
분홍치마 펼치리

# 목련

겨우내 움튼 사랑
가지에 맺어 놓고

종다리 짝을 찾아
사랑을 지저귈 때

오시는
길목에 서서
하얀 촛불 밝히리

# 아름다운 약속

석양이 붉다 한들
순간에 지는 해요

둥근달 밝다 하나
몇 날을 가겠느냐

임 위해
불변한 마음
뿌리 깊게 내렸다

# 장마

소나기 울며불며
창문을 두드려도

마음은 이슬비에
말없이 젖어 들어

심장의
천둥소리는
그대 향해 울린다

# 붉은 장미

꾹 다문 푸른 입술
살포시 여는 날에

가슴에 심은 연정
뜨겁게 피어나서

겹겹이
여민 꽃잎은
향기 담은 연서다

# 마음의 온도

그리는 애틋함을
진하게 우려내어

마주한 찻잔 속에
향기로 피어날 때

그대 나
불잉걸 사랑
겨울밤도 뜨겁다

# 인연

늦가을 처마 끝에
잘 익은 달빛 앉고

돌담 밑 짝을 찾는
풀벌레 슬피 울 때

볼그레
수줍은 단풍
무릎 위에 앉는다

# 편지

초록빛 이파리에
분홍빛 사연 적어

고운 님 오시는 길
가지에 달아 놓고

추풍에
마음 식을까
붉은 편지 띄운다

# 반달

엇그제 반쪽이 떠
외롭게 놀던 저 달

어이해 오늘 밤엔
둥글게 웃고 있나

설레는 내 마음 반쪽
네가 훔쳐 갔구나

# 납매

연노랑 여린 망울
섣달에 얼고 녹아

겹겹이 진한 항기
머금고 기다리다

낭군님
오시는 날에
나비처럼 반기리

# 그리움

겨울밤 빛나는 별
홀로 떠 외로웁고

서리찬 새벽 공기
가슴을 파고들 때

마음은 임을 향하여
천 리 길을 오간다

# 홍시

감나무 꼭대기에
달콤한 사랑 하나

석양빛 물이 들어
그리움 덧칠할 때

정다운 임의 얼굴이
가슴속에 안긴다

# 갈바람

스산한 갈바람이
문밖에 서성일 때

님이 온 소리인가
두 귀를 기울이니

귀뚜리 눈치도 없이
목청 높여 울고 있네

신경환 시조집

2부 수채화

# 홍매

연분홍 처녀 가슴
터트린 가지마다

설레는 벌 나비떼
향기에 취한 봄날

뻥 뚫린
총각 가슴을
봄바람이 후비네

알싸한 마늘맛에
태양초 붉은 순정

극과 극 버무리니
천하에 궁합이요

불잉걸
중년의 사랑
뼈와 살이 녹는다

3부
마음그리기

# 목어

간 쓸개 모두 빼고
퍼덕인 지난날들

나 없는 나를 찾아
절마당 올라서니

풍경 속
붕어 한 마리
회심곡을 부른다

# 못

날벼락 지나간 뒤
휘어진 인생 조각

벌겋게 멍이든 채
하세월 파먹으며

또다시
잎이 날 기야
푸른 꿈을 심는다

# 장독

인생사 달고 쓴맛
저미어 담아 놓고

큰 입도 귀도 닫고
한세상 곰삭으니

발효된
어머니 마음
가족 화목 지킨다

# 철든 계절

뜨거운 태양 아래
춤추며 놀던 잎새

스치는 갈바람에
파르르 떨고 있네

갈색 옷
입어야 함을
알 수 있는 나이지

# 소나무 경전

세월이 할퀸 자국
껍질에 양각하고

노송은 몸속으로
역사를 기록하니

후손은
옹이를 보며
마음속에 음각한다

# 국화 이력서

오십 년 마음 비워
피우지 못한 꽃을

한 계절 머문 국화
곱게도 하늘 연다

인생길
무서리 한 짐
이고 웃는 붓다여

# 연탄

구멍 난 허한 가슴
뜨겁게 살아 보자

불잉걸 방석 위에
가부좌 틀고 보니

움켜쥔
욕심 덩어리
내 어깨를 눌렀네

# 고구마의 꿈

엉키어 풀지 못한
인간사 줄기 속에

구수한 진리 담아
마음에 묻어 두고

내 인생
겨울이 오면
펼쳐 보고 새긴다

# 아궁이

앙가슴 찌른 바늘
불속에 집어넣고

단장斷腸의 인생 고개
반추해 돌아보니

인
생
사

굴뚝에 피는
흰 연기와 같았네

# 배추전

풀 죽은 굽은 등짝
두드려 곧게 펴고

까칠한 자존심은
새하얀 옷을 입혀

뜨거운
솥뚜껑 위에
새 인생을 펼친다

# 쟁기질

청아한 워낭 소리 가슴을 파고들면
입 두고 속이 타는 농부는 땅을 간다
못난 생 갈아엎으며 허리 펼 날 꿈꾸며

누렁소 다그치며 무논을 뒤엎을 때
흙수저 서러움도 땅속에 묻으면서
굴곡진 아버지 인생 써레질로 고른다

# 향나무

옹이에 숨긴 세월
수많은 아픈 상처

버리고 비워 가니
적멸의 꽃이 피어

베어진
몸뚱어리도
진한 향기 끝이 없다

# 시인의 계절

달빛에 젖은 심사
한 자락 휘갈기어

샛노란 잎새 위에
툭 던진 붉은 시어

아 가을

취하지 않을 자
그 누구란 말이오

# 낙엽을 읽다

흔드는 세월 앞에
외로이 퍼덕이다

바스락 발밑에서
조각난 저문 인생

떠날 땐
빈손인 것을
무얼 잡고 있었나

# 목어(木魚)

右瞑 신경환

간쓸개 모두빼고
퍼덕이지 않는 낡들

나없는 나를찾아
절마당 흘러서네

풍경속
붕어한마리
회심곡을 부른다.

도은 김종기 쓰다.

# 대나무

곧아서 부러질까
칸칸이 마디 두고


속내는 비워두고
채우지 아니하니


바르고
욕심 없는 삶
너를 보고 배운다

# 시래기

보듬어 키운 자식
소금에 절여지고

저문 생 처마 밑에
삭풍을 견디더니

득도한
몸뚱어리는
또 한 생을 바친다

# 여정

긴긴밤 고뇌 속에
지친 맘 잡아 놓고

꼬여진 운명의 끈
강물에 풀어 보니

세상사

행복과 불행
마음먹기 달렸네

# 동안거

앙상한 저 나무는
해탈한 부처시다

고운 옷 다 벗더니
욕심도 내려 놓고

삭풍에
오욕을 털며
묵언수행 중이다

# 동백꽃

그리워 타는 가슴
붉게도 토하였네

설한을 뿌리치고
모진 삶 견딘 자리

애가 타
떨어진 울분
그 절개가 슬퍼라

# 나목의 꿈

황혼에 물든 육신
삭풍에 내려놓고

긴 겨울 흰 눈 속에
내면을 씻어 내어

종다리
지저귀는 날
다시 꽃을 피우리

# 달팽이

어린 목 길게 늘려
인생을 더듬을 때

청춘은 화살처럼
백발을 훔쳐 업고

휑하니
가는 세월을
앞질러서 달린다

# 코로나 19

.

우한시 잠든 밤에
코로나 발병하여

온 세상 파고 들어
사망자 속출하니

경계선
무너진 자리
펄펄 끓는 민심들

# 청춘아

말 없는 강물 속에
인생을 던져 놓고

대물의 꿈을 꾸며
밑밥을 뿌리지만

끝없는
잔챙이 입질
속 터지는 내 청춘

# 낙엽이 가는 길

초록빛 눈을 뜨고
가지에 정을 맺어

맞잡은 두 손으로
사랑을 그리다가

찬바람
등을 밀면은
미련 없이 떠난다

# 달맞이꽃

엎지른 달을 보고
앙다문 젖은 심사

산 등을 훤히 밝힌
고운 님 찾아오니

풀죽어
구겨진 얼굴
노란 웃음 피운다

# 꽃무릇

도도한 목선 위에
햇살을 받쳐이고

수줍은 미소 속에
황홀한 붉은 자태

애젖한
붉은 사랑이
남모르게 흐른다

## 내일을 향해

터질 듯 뛰는 심장
호흡을 가다듬고

희망을 다시 뿌려
어둠 속 별이 필 때

땀 방울
디딤돌 삼아
꿈을 주워 담으리

# 대나무(竹)

竹晛 신경한

곧아서 부러질까
칸칸이 비워두고

속내는 비워두고
채우지 아니하니

바르고 욕심없는 竹
어룬보고 배운다

圣운 김종기 쓰다

# 가을의 서문

스치는 바람결에
까르르 웃던 잎도

귀뚜리 날갯짓에
얼굴빛 샛노랗다

이 가을
물들지 않을 자
그 누구란 말이오

# 선정에 들다

산사에 바람 일어
고목이 춤을 추고

스님의 목탁 소리
숲속을 떠다녀도

처마 밑
득도한 풍경
요동 없이 잠든다

# 변신

햇볕을 등에 지고
마음을 수양한다

온몸에 붉은색을
쉼 없이 덧칠하며

한 여름 고추잠자리
익어가는 중이다

# 여름 나기

친환경 태양열로
육수를 끓어 낸다

끈적한 삶의 고뇌
영양분 손실 없이

오염된 지구를 삶아
맑은 물을 우린다

# 모란이 피기 까지

겹겹이 저민 마음
검붉게 물들이고

설레는 나비처럼
행여나 오시려나

다소곳
여윈 가슴에
젖어 피어 있구나

# 나그네

스치는 바람에게
가는 길 물어보고

흰 구름 벗을 삼아
인생길 걸어가도

누구도 알지 못하네
오고 가는 이유를

# 흔들바위

험난한 한 세상을
둥글게 살자 하나

오가는 사람마다
힘자랑 하고가네

아무리
못살게 굴려도
흔들흔들 춤춘다

# 일체 유심조

파도가 일렁이듯
춤추는 내 마음을

바람의 탓이라고
말하여 무엇하리

세상사 희노애락은
내 생각에 달렸다

# 자목련

한 계절 아름다움
모두 다 벗어놓고

긴 겨울 가지마다
보랏빛 꿈을 키워

봄이면 자주 저고리
차려입고 나선다

# 어무이 마음

나무는 모진 풍파
옹이로 뱉어 내고

삭히다 썩은 몸은
비우고 살아가니

그 누가 고목을 보고
속이 없다 말하리

# 가을, 저만치

바람이
어서 가자
등 밀어 재촉하니

가지를
부여잡고
낙엽은 절규한다

가을은
아우성 속에
쓸쓸함만 뒹구네

# 시간의 느낌

조부님 앞장서서
흰 수염 날리시고

아버지 눈치 보며
엉덩이 들썩일 때

손자는
잠을 자느라
요동조차 없어라

# 삶의 무게

가을비 추적추적
낙엽을 짓밟을 때

가지에 홀로 앉아
슬픔을 터는 새야

조각난
너의 영혼을
씻어 내고 있느냐

# 가을 풍경

가을비 유리창에
외로움 그려놓고

추풍은 낙엽 잡고
흔들며 가자하니

붉은 잎 길가에 누워
울며불며 떠난다

# 봄노래

삭풍이 흘린 소식
꿈결에 주워듣고

눈 속에 자던 매화
옹알이 한창이다

톡톡톡
꽃망울 소리
봄이 오는 사랑가

# 구름 처럼

머물면
안개 되어
한치 앞 볼 수 없고

흐르면
구름 되어
하늘에 뜻을 펴니

늦었다
머물지 않고
꿈을 먹고 살련다

# 인생 열차

달리는
철마 속에
인생을 실어 놓고

되돌아
올 수 없는
그 길을 헤쳐가며

한 조각
작은 행복도
고이 담아 가리라

# 허수아비

눌러 쓴
밀짚모자
고뇌를 가리우고

상처 난
너의 영혼
바람에 흔들려도

춤추는
황금들녘에
익어가는 내 마음

# 달빛 연가

신경환 시조집

3부 마음그리기

그리움 하늘 높이
보름달 펼처 놓고

풀벌레 연가 소리
심금을 울릴적에

가을은
별빛을 타고
가슴으로 내리네

# 난

돌 틈에 뿌리내려
청렴을 실천하며

이슬을 먹고 자라
몸마저 청초하니

파란 꿈
희망을 품고
맑은 영혼 남기네

# 설빙

눈 덮인 얼음 속을
잔솔이 알겠냐만

삭풍에 울며 가는
이 마음 누가 알리

아서라
얼고 녹으며
살아봄이 어떠리

# 물의 흔적

물 위에 수양버들
일필을 휘두르나

남천의 붓놀림은
손끝에 꽃이 피어

벌 나비
묵향에 취해
떠날 줄을 모르네

# 민들레

기다린 날들 만큼
피어난 노란 꽃잎

오시는 골목길에
하세월 기다리다

백발이
만발하여서
임을 찾아 떠난다

# 님이시여

목 놓아 울어 보고
목 놓아 불러 봐도
저 산은 말이 없고
들리는 건 메아리뿐
붉은 노을에 마음만 타오르네

계절은 돌고 돌아
강산이 바뀌어도
그리운 님 잊을 수가 없구나

몸서리치는 가난
육 남매 위한 한평생
갈라지고 터진 손
그 누가 어루만져 줄까

불효자식 철들라고
그렇게 일찍 가셨나요
님이시여!

님이 떠난 고향마을
친구들만 모여 앉아
불효자식 반겨 주네.

부모님 산소 앞에 세운 詩碑

# 가슴에 자리한 별

우 준 신 경 환 의  시 조  세 계

양원식
(시조시인)

시조는 멋과 맛으로 언어를 쳐놓은 거미줄에 걸린 꿈틀
거린 나방이다. 꼼짝달싹도 못하게 옭아맨 『어무이』 시
조집 한 권이 새로운 세계로 날아가는 로켓이 될 것이다.

신경환 시조 시인은 경북 군위 출신으로 고향을 떠나 울
산에서 생활하며 2016년에 두 군데를 거쳐 등단하였으
며, 그 후 '부산문인협회인 도시문학'에 세 번째로 등단을
하면서 시조 창작에 자리하는 별이 되어 작품상, 우수상
을 받은 기록이 있다.

우선 형식미학 측면에서 『어무이』 시조는 기본적으로 정
형 율격을 강직하게 지키는 태도를 유지하고, 안정적인
정형 율격이 체화된 듯 자리 잡고 있는 바탕 위에 감각적
인 이미지를 빚어내는 호흡을 쌓아감으로써, 시인은 자
신만의 정형 미학의 시조를 고집하는 것은 우리 전통적
시조의 정형 질서와 조화로운 절제의 미를 소중히 여기
고, 감성적 인식이나 미적 인식에 가장 인상적이며, 그의
시조에 대한 애착과 관심은 그의 시조집 표제의 글에 잘

드러나 있으며. 『어무이』라는 작품집 제목만 보더라도 속으로 삭이는 사모곡의 순수한 곡정이 여기까지 이른 데는 필시 원인이 있을 것으로 직감을 한다.

어머님의 희생에 대한 죄스러운 마음이 곳곳에 묻어 있다. 어린 남매 여섯을 두고 가신 어머니, 보릿고개 시절에 의식주를 해결하며 키운 고생에 보답하지 못한 참담한 마음과 회한에 찬 이야기를 여과 없이 들었다.

평소 잘 알고 지낸 시의 전당 문인회 珊池 심애경 회장으로부터 신경환 사우를 처음 소개받아 거제시 해양사 주지 최도열 큰스님을 뵈러 갔다. 큰스님은 시조에 대한 애정과 신명이 최상이다. 시조집 250권, 시조의 편수 수가 2만 3천여 편으로 세계기록에 도전 중인 시조 시인이다.

돌아오는 길에 신시인은 시조집 출간을 이야기했고 서평을 부탁받았다. 초면에 이만한 내용의 이야기를 주고받기가 쉽지는 않을 터인데 너무나 고운 마음, 순수한 마음이 지금도 앞을 가린다. 그의 시조가 우리의 시조단을 더욱 풍성하게 하리라는 기대와 어무이 시조는 맑고 순정<sup>醇正</sup>한 시조로서 담여수<sup>淡如水</sup>와 같아 우리의 얼룩진 마음을 맑게 씻어줄 청량제 일 것이다.

어무이

비탈밭 행간 위에 호미로 글을 쓴다
끈적한 소금 글씨 이마에 그려가며
까막눈 인생의 설움 달빛 아래 새긴다.

골 깊게 써 내려간 어매의 육필 문자
굳은살 마디마다 무언의 말을 할 뿐
한 맺힌 삶의 흔적을 온몸으로 음각한다.

「어무이」 전문

호천망극<sup>昊天罔極</sup>, 부모님의 은혜가 크다는 한문 사자성어다. 구로勤勞라는 말이 그 뒤를 따라다닌다. 수고에 수고를 거듭한다는 뜻이다. 낳아준 은혜, 키워준 은혜, 세상을 어떻게 살아야 하는가를 조석으로, 실천실행으로 보여준 은혜를 어찌 잊을 수가 있겠는가. 희생하시는 모습을 잊은 날이 없는 자식의 모습을 『어무이』라는 작품에 담고 있다. '어무이' 어머니라는 지방 사투리를 썼다. 어머니를 몰라서 쓴 것이 아니라 '어무이'로 부르면서, 근방 옆에 계시는 듯한 자신의 참 마음을, 여과 없이 부르고 싶은 어머니에 대한 기억을 놓고 싶지 않은 아들의 효심을 드러낸 진솔한 작품으로 손색이 없다. 진하고 가까운 모정을 잊을 수 없는 참마음을 녹여서 쓴 작품으로 본다. 장하다는 뜻을 안고 필자도 경상도 언어구역이라 하늘을 보면서 불러 본다.

백두대간, 태백산맥에서 뿌리를 달아 나온 산맥이 소백산맥이 아닌가. 마을을 형성한 곳으로 배산임수, 남향의 지형을 최고로 잡는다. 초석을 놓은 자리 주변에 수세가 좋은 곳은 답이고 그렇지 못하면 밭이다. 귀 밝은 물길이

조금이라도 잡히는 곳을 천수답, 비가 흔한 해는 벼를 심고, 비가 드문 해는 비를 기다리다 실기하면 메밀을 심는다. 주곡이 보리와 쌀인 농사. 메밀 농사는 한 달 농사라 해서 음력 칠월에 뿌려서 수확을 하는 농사이다. 단산잔록, 산 섶에 붙어 있는 밭, 산세 따라 한 굽이 두 굽이, 때로는 층층 계단으로 비탈진 곳을 의지한 농토에 지금도 씨를 뿌려서 먹는다. 소가 들어갈 수 없는 밭, 괭이로 쪼아서 씨를 담는 밭을 호미를 든 '어무이' 모습을 잊을 수 없다. 평생을 눈에 담고 사는 작가의 모습이 필자의 마음 복판을 차고앉는다.

흙먼지가 땀으로 뒤범벅이 된 손등 하며, 서러운 '까막눈'을, 못 배운 한을 밭골에서 찾는다. 그것도 달빛 아래란다. 별 보고 들로 나고 별 지고 집으로 든다. 조석 식사를 감당하는 '어무이'의 바쁜 모습을, 붓을 세워 그리는 고향을 '한 맺힌 삶의 흔적을 온몸으로 음각'하는 둘째 수 종장에서 호미를 잡은 꾸덕살이 배긴 어머니의 모습을 그리는 작가 신경환 선생의 일상 모습이다. 부지런한 사람, 인정스러운 사람, 신의를 다하는 삶을 사는 사람으로 위인의 모습이 우뚝하다. 자타가 인정하는 인물이다.


쟁기질


청아한 워낭 소리 가슴을 파고들면
입 두고 속이 타는 농부는 땅을 간다
못난 생 갈아엎으며 허리 펼 날 꿈꾸며


누렁소 다그치며 무논을 뒤엎을 때
흙수저 서러움도 땅속에 묻으면서
굴곡진 아버지 인생 써레질로 고른다.


「쟁기질」 전문


쟁기를 지게에 얹어지고 소를 앞세워 집을 나서는 농본사회의 모습이 역력하다. 지금은 한 폭의 그림이다. 영원히 마음에 두고 새길 그림이다. 경운기가 농토를 갈고 써리는 기계 농사가 이루어졌기 때문이다. 논에 물을 잡아서 갈고 써레질해서 모판에서 모를 뽑아 이식하는 과정이다.

워낭은 소목에 달아 놓은 종지 모양의 소종이다. 맑고 맑은 소리를 낸다. 소는 살림 밑천으로 마구에 소가 드나들면 부자로 통하는 소, 자녀 혼사에 재산을 평가하기도 한다. 흙수저로 태어난 것이 원망스러워 담뱃대를 터는 소리가 예사로 들리지 않은 시국 시절이다. 보릿고개를 넘어온 세대, 양난을 겪은 세대, 흔히 목숨이 모질다는 자책을 하는 소리가 잦은 시절을 사신 아버지의 생활을 가감 없이 문자로 마음을, 그대로 직조한 작품이다.

허리 펼 날을 기다리는 희망으로 삼는 날, 써레질로 땅을 삼는 환한 미래를 사신 아버지의 생활 의지를 엿볼 수 있는 작품이다.

'목어'와 '선정에 들다' 두 작품을 서평에 넣었다.

목어

간 쓸개 모두 빼고
퍼덕인 지난날들

나 없는 나를 찾아
절 마당 올라서니

풍경 속
붕어 한 마리
회심곡을 부른다.

「목어」 전문

가람에 들면 일주문, 불이문 다음에 흔히 종각이 자리해
있음을 본다. 종각에 四友라 해서 쇠로 만든 종, 가죽으
로 만든 북과 철판으로 된 운판, 나무로 만들어 대들보
에 걸어둔 목어를 두고 이르는 말이다. 각자의 업무가 부
여되어 있다.

새벽 도량석을 산중에 울리면 무주공천을 깨우는 대자대
비 종심으로 하루를 여는 걸음이 된다. 쓸개가 없다, 간
이 없다, 무창공자無腸公子라는 한문 성어가 있다. 저 사람
은 창자도 없다. 무골호인이란 뜻으로 통하는 뜻이 아닐
까. 오직 유루무루 이타정신으로 사는 목어. 용서와 사
랑을 베푸는 마음, 도량석과 동시에 종각. 대자비의 걸음
이 화엄 세계의 실상 실경을 조성하는 청산이 아닐까. 고
기는 눈을 감는 일이 없다. 풍경을 울리는 절 처마 소종
도 바람을 품어 죽비와 함께 별을 빚는다.

종장에 "풍경 속 붕어 한 마리 회심곡을 부른다"에서 어
머니에 대한 부모님께 보내는 갸륵한 마음이 보인다. 효
심의 한 자락을 짐작하고도 남는 작품으로 회심곡을 들
으면서 만난 필자의 마음을 흔들어 든다.

선정에 들다

산사에 바람 일어

고목이 춤을 추고

스님의 목탁 소리
숲속을 떠다녀도

처마 밑
득도한 풍경
요동 없이 잠든다.

「선정에 들다」 전문

고목이 춤을 춘다. 숲속을 떠다니는 목탁소리에 어머니
와 손잡고 함께 한 절 고목 새잎으로 춤을 춘다. 꽃으로
화려한 향기를 듣는다. "처마 밑 득도한 풍경"이라 한다.
하늘을 깨움은 일주문 밖 고목에서 가슴을 죄는 우준 선
생의 불심으로 고요 속에서 찾는 선정. 흔히 '시심마'라
한다. 선방에서 즐기는 화두이다. 낳아서 키워준 은혜를
갚는다는 일념으로 극락왕생을 비는 마음의 한 자락이
라고 눈을 감고 듣는다.

작가의 마음이 필자의 마음과 같으리라고 자부한다. 역시 효심의 발로이다. 극락왕생을 비는 합장한 모습을 본다.


　　연어


　　황혼을 짊어지고
　　실개천 들어서니


　　펼쳐진 윤슬 속에
　　젖 내음 피어나고


　　여울에
　　퍼덕이시던
　　어매 몸짓 선하다.


「연어」 전문


나무가 잎으로 바람을 흔들며 꽃으로 피었다가 뿌리로

돌아간다. 씨앗으로 약속을 나누어 부리는 대공인 자연의 이치다. 죽어서 고향을 찾는 사람, 회귀의 본능이 인과법으로 영원을 밝아나는 길이며 걸음이다.

회귀 기근. 여기에 '연어'라는 물고기가 있다. 알로서 태어나 자리를 떠나 바다로 가서 윤슬을 빛다가 젖 내음을 죄는 자리로 돌아와 최후를 맞는 연어의 일생에서 '어미'의 몸짓을 잊을 수 없다네. 생명의 근원을 진 황혼 무렵 서천을 더듬는다.

흔히 불교 경전의 큰 산맥 중에 화엄경과 법화경이 있다. 화엄경을 일출경에, 법화경을 일몰경에 비유함을 읽어본 일이 있다. 일출의 장엄, 일몰의 엄숙함을 보는 대장정 걸음을 보는 작품으로 손색이 없다.

지나는 모습 하나하나가 큰 문자 속을 드나드는 품이 예사스럽지 않다. 어머니의 생활상을 보고 있다. "어매 몸짓" 중의 뜻을 담고 있는 작품으로 숙연하다. 수구초심을 읽는다.

비의 선율

물 위를 두드리는
펼쳐진 비의 연주

동그란 그대 마음
맴도는 나의 마음

그대 나
한마음 되어
강물처럼 흐른다.

「비의 서율」 전문

즉물즉경 언단의장. 사물을 보고 느끼는 감각이, 시인이
보는 안목이 특출함을 느끼는 시조다. 어쩌면 즉경, 경치
를 우선하다 보면 시적 정감을 잃을 수도 있다. 그래서
시의 맛이 없다고들 시인들이 터부시 하는 경우를 본다.
정경 경치에 만족보다는 짧은 어휘에서 유장한 의미의 청

장성을 늘 찾아 마음을 다듬는 시인들이 재미를 즐겨 찾는 안목에 박수를 친다.

빗방울이 음악, 음조의 바탕이 된다. 동그란 마음을 끄집어 내는 자신의 마음의 한 꼭지를 얼어 적었다. 빗방울이 모이고 모여 유장하고 용용한 흐름의 춤으로 열어가는 골골물의 힘을 모아 흘러서 길을 찾는 강. 시인을 만나서 새로운 세계인 바다로 가는 길을 만들었다. 비의 연주를 12줄의 거문고, 현을 타는 음조·음곡을 강의 시원·시발로 적은 시조시다.


어머님 전 상서


두 발로 써 내려간 굽이친 생의 내력
길고 긴 문장 속에 켜켜이 박혀 있어
펼쳐 본 자식 마음은 만장기로 펄럭인다.


육남매 뒷바라지 딛고 간 쓰린 세월
불효자 가슴속에 화인 꾹 찍어 놓고

애타게 우는 소쩍새 내 안에서 커져 간다.

「어머님 전 상서」 전문

上是白, 상사리, 부모님께 드리는 편지 서식이다. 굽이친
생의 내력을 백지에 올려서 땀땀이 적은 편지 형식이다.
상여날 만장을 앞세워 산으로 가는 길의 참담함을 적었
다. 서러움이 가득 찬 마음을 만장기로 흔들어 드는 아
픔이 저리 크다. 어디 발꿈치만 터졌을까. 꾸덕살 박힌
손을 만져본 사람은 실감을 하리라 믿는다.

가슴속에 화인을 찍는 아픔을 소쩍새 울음으로 대곡을
하게 한 목 메인 소리가 처절하다. 소쩍새. 적다정조. 밤
에만 운다. 봄에 와서 가을에 남으로 가는 철새로 적적을
안고 앉은 야삼경 쯤에 소쩍새 울음소리, 진달래 꽃빛을
만들었다는 피울음이랄까.

불효자는 또 이렇게 울음을 삼키면서 편지를 쓴다. 이 책
을 들고 산소를 찾았을 때의 신경환 시인의 마음의 한 자
락을 더듬어 본다.

동안거

앙상한 저 나무는
해탈한 부처이다.

고운 옷 다 벗더니
욕심도 내려놓고

삭풍에
오욕을 털며
묵언수행 중이다.

「동안거」 전문

하안거, 동안거. 불붙인 주장자를 세운 참선방 죽비채로
자신을 채근하는 도량에 피는 참선방 꽃이다. 불붙은 주
장자를 세워 적멸의 경지를 찾아드는 선방, 돈오돈수이
니 돈오점수이니 하면서 문자와는 거리를 둔다. 오도송
을 안고 나는 시심마, 의정의 끝없는 걸음을 두고 이르는

어휘로 안거라 한다. 의심할 여지가 없다. 좌선이니 입선
이니 와선이니 하는 말을 즐기는 선방, 잠시라도 화두를
놓지 않는 절제절명의 기회를 찾는다.

필자가 40여 년 전, 첫 시집 발간 당시 큰스님이라는 분
에게 드렸더니 받아서 우리는 이러한 것은 안 본다며 앞
에서 바로 던지는 수모. 나중에 이해를 하고 손잡고 웃
음을 나눈 일이 있다. 보궁에 명복을 빈다. 음력 10월 16
일부터 다음 해 정월 보름까지가 동안거 기간이다.
"삭풍에 오욕을 턴다" 백팔고 끝에 봄을, 고운 옷 벗고 버
리기까지의 무거웠던 욕심을 비운 나무, 덕자로 칭송을
받는 나무, 묵언수행승으로 인격화한 신시인의 화엄 경
지에 경탄을 보낸다.

### 노송

푸른 솔 짚어지고 굽어진 허리 위에
삭풍이 긁고 가니 백설이 짓눌리네

어머니 이고 진 삶도 저 나무와 같았네

「노송」 전문

십장생 십장수 물목을 들어 본다. 해, 산, 물, 바위, 구름, 소나무, 불로초, 거북, 학, 사슴 중에 거명된 소나무다. 그것도 노송이다. 허리 굽은 천 년의 세월을 진 소나무, 사시 푸른 빛을 빚으면서 하늘을 사는 소나무, 흰 눈을 이고 선 정정한 소나무에서 어머니에 대한 사모의 정이 이리도 크다. 소나무에 등을 기대서고 앉은 모자, 밭에 호미를 놓고 나와 앉은 신시인의 모습을 잠시 그려 본다. 빈 그 자리가 쉽게 잊어지기야 하겠는가. 산을 오르내리며 청솔 바람이 부는 그늘에 앉아 나눈 농사 이야기며, 장래의 꿈밭을 일굴 자리를 맑은 마음으로 어머니를 기리며 그리는 시조로 손색이 없다.

필자도 청도 운문사와 언양 내원사 입구의 솔밭을 왕래하면서 일제 왜정을 겪는 소나무에서 나라 잃은 서러움

을 씹으며 왕래한 일이 있다. 흰 머리를 인 백발가, 차마
비우지 못할 모습을 비우면서 사는 어머니에 대한 사모
가이다.


연꽃


품 안에 자식 위해 비바람 홀로 맞아
연분홍 그대 몸이 시들어 떨어져도
머물고 가지 못하는 남은 자락 애달다


끝없이 내어 주고 더 주지 못하시어
뒤돌아 먼 길 가며 그 손을 놓지 못해
말없이 흐르는 눈물 자식 마음 적시네


그 끝이 어디일까 수없이 되뇌어도
한평생 주신 마음 그 어찌 헤아릴까
어머님 불러보아도 대답 없는 메아리여


「연꽃」전문

대웅전 불상 상·하단이나 석탑 기단에서나 어간문 문살이나 연꽃이 그 중심에 있다. 농본 사회, 쌀농사, 보리농사, 논에는 쌀, 밭에는 보리, 물길을 모을 수 있는 산간 어디쯤에 못을 파서 물 가둠을 한다. 논농사를 짓는데 필요한 수원을 만든다. 한 골짜기에 흐르는 빗물을 산세와 지세에 따라 여러 골짜기의 빗물, 흘려버리는 물을 유용하게 쓰자고 모은 지혜리라. 못을 파서 못둑을 다지는 것을 직접 보기도 한 필자. 진흙 벌에 연을 심어 연지니 연당이니 한다. 연꽃대는 잎이 없다. 바로 하늘을 세워 청정한 향기를 뿜어내는 꽃. 뿌리에서 잎에서 꽃까지, 씨앗에 든 가루까지 식사 대용으로, 반찬대용으로, 마시는 차대용으로 사용을 한다.

고통을 짊어지고 맑게 핀 연꽃에서 잊어버릴 수 없는 사모의 마음을 읽는다. 먼 길을 가면서 그 손을 놓지 못하는 어머니. 한평생 주신 마음을 놓고 가신 마음을 불러도 불러도 대답이 없어 메아리로 듣는다. 호곡의 모습이다. 특히 음수율, 음보율, 무리가 없는 어휘 선정 및 철저하게 지킨 시조시형 형상화가 살아서 꿈틀거린다. 좋은 글은 스스로 종이를 박차고 나와 독자를 환대하듯 시조의 진보성이 잔치 마당을 만들었고 그의 시조는 구들장에서 온기를 끌어 올리며 굴뚝 연기처럼 하늘로 퍼지는 상승 효과를 내어 시조의 정서적 미감을 오래도록 마음에 담아 음미해 보고 싶다.

끝으로 신경환 시조 시인님의
문조 더욱 피어 나시기를 두손 모으며
서평으로 끝을 맺는다.

# 섬세한 직관과 시조의 단형 미학

## 우 준 신 경 환 의 시 조 세 계

심애경
(시의전당문인협회 회장)

세월의 무게만큼 빛이 바랜 빗살문의 그림자가 먹물을 엎지른 듯 번진 시조집이다.

시조집이라는 책은 번지는 것이라고 생각한다. 물에 젖은 붓이 점 하나를 찍으면 그 점이 번져 꽃으로도 보이고 넓은 바다로 보이고 보름달로도 보이는 그것처럼 남의 마음에 점 하나 찍어주는 것이 시조집이 하는 역할인 것 같다. 어떤 모양으로 얼마나 스며들게 하며 번지도록 할 것인지는 전적으로 독자의 몫이다.

시조야말로 쓰는 이와 읽는 이가 상호작용해야 비로소 완성될 수 있는 장르인 것 같다. 신경환 시조는 고요의 담장을 두르고 높은 곳에 떠 있는, 적막하고 아늑한 사찰의 목어와 풍경소리가 절마당을 돌아나와 낯선 이들의 발걸음을 멈추게 한다.

그 생명들의 충만한 회심곡을 부른
右晙 신경환 시조

목어

간 쓸개 모두 빼고
퍼덕인 지난날들

나 없는 나를 찾아
절 마당 올라서니

풍경 속
붕어 한 마리
회심곡을 부른다.

「목어」전문

문학의 모든 장르 중에서 가장 어려운 정형시조 장르이
다. 발상이 새로워야 하고, 내용이 깊고 함축의 묘가 있
어야 하고, 문장이 아름다워야 하고, 남들이 사용했던
표현보다 새로운 단어를 발굴하여 시대성을 담고 있어야
하며, 철학이 들어있어야 하고, 구성이 안정적이어야 하

며, 감정이 과해서도 완전히 배제되어서도 안 된다.

시인은 다른 작가들과 구별되는 뚜렷한 개성을 가지고
있어야 하는 이 모든 걸 다 갖춘, 정말 힘들게 한 땀 한
땀 수를 놓듯 한권으로 담았다.

그속에서 매끈한 살갗이 만져질듯한 내용의 시어들이 새
록 새록 피어나 머릿속에 고스란히 진품 풍경화로 남아
있다. 진정한 진품으로 남아 그 아슴한 풍경들이 그립
다. 시인은 나없는 나를 찾아 절마당을 올라서서, 시인
들의 언어가 현실 세계를 그대로 표현할 수 있는 메타포
나 상징과 같은 시적 수사를 활용하게 했다.

왕성한 생명력과 퍼덕인 지난날에 대한 절절한 감정이 서
로 상승 효과를 내어 시의 정서적 미감을 더해 오래도록
마음에 담아 음미해 보고싶은 인상적인 작품이다.

시인은 시의 전당 문인회 재무국장으로 활발하게 활동하
며 시조집『어무이』상재를 축하드리며 문운이 창대하시
길 두손 모은다.

응축된 언어로 승화시킨
'어머니'와 시인의 여정

김윤희
(맑은소리맑은나라 발행인)

비탈밭 행간 위에 호미로 글을 쓴다
끈적한 소금 글씨 이마에 그려가며
까막눈 인생의 설움 달빛 아래 새긴다.


골 깊게 써내려간 어매의 육필문자
굳은살 마디마다 무언의 말을 할뿐
한 맺힌 삶의 흔적을 온몸으로 음각한다.

「어무이」 전문


대신할 그 무엇도 아직은 찾지 못했다. '이무이'를 대신할
다른 언어 세상 어디에서 찾을 수 있을까.

그런 까닭일 것이다. 시인의 연서는 30년이 지났음에도
꿈쩍않고 그대로이다. 철저한 일방적 사랑은 일찍이,
아주 오래전 그 어머니가 베풀었던 내리사랑에의 화답이
러니, 날이 가고 달이 차와도 움직이지 않을 부동의 사랑
이다.

시인은 자신의 나이만큼 시를 썼다. 50여 편에 이르는 시어는 처음도, 마지막도 어머니를 향한 그리움의 대서사시였다.

그는 국내 굴지의 대기업에 근무하는 엔지니어이다. 철제 강판과 씨름하는 남성들의 전유물로 여겨지는 자동차 회사에서 30년 넘게 일 해 온, 명장급 엔지니어이다. 그러니 그를 보지 않았다면 연하디 연한 자연에의 표현도, 사람 간의 애정도 도무지 못할 것 같은 직업군이다.

그러나 예측은 보기 좋게 빗나갔다. 그는 누구보다 섬세함이 묻어나는 미소년의 정서였다. 더는 나이 쉰을 넘겼음에도 속세의 때가 느껴지지 않는 순수한 청년 같은 모습이다.

그러므로 그가 빚어내는 시어는 순백의 순애보와도 같고 선량한 천진불의 외양 같기만 한 따뜻함으로 뭇 사람들을 뭉클하게 한다.

또한 그의 시제는 대개가 자연에 있고 우리의 근현대사를 넘나드는 삶의 터전에 머물러 있음을 알게 된다. 이를 테면 호롱불, 지게, 부지깽이, 몽당비처럼 삶의 애환이 묻어나는 것들이 있는가 하면, 언제든 때가 되면 유년의 그 시절로 돌아 가고픈 바람들이 연어, 엄니의 발자국, 홍시, 박꽃 등으로 표현돼 있다.

물론 『어무이』의 제목에서 알 수 있는 어머니에 대한 진한 사랑과 그리움은 두 말할 나위가 없다.

그러나 자신의 일상 속을 꿰뚫는 시제를 내놓아 승화시킨 구절들도 아주 돋보이는데, 이는 「용접」이라는 시에서 유독 빛을 발한다.

용접

너와 나 맞잡은 손
뜨겁게 꽃이 피면

부둥켜 안은 두 몸
녹으며 하나 되어

백년을

비바람 속에

함께 삭아 가리다.

「용접」전문

이처럼, 신경환 시인의 시를 마주하면 처녀작魔女作이라는
생각이 들지 않는다. 함축적이며 농도 깊은 단어들이
응축되어 '삶의 전장'에서 '생의 완성'을 향해 나아가는 듯
하다.

그런가 하면, 시인의 시어에서는 불교적 색채를 적지
않게 발견 할 수 있는데 이는 목어, 눈부처, 선정에 들다,
동안거 등을 통해 한층 격상된 어휘들로 마치 수행승의
기록을 살짝 뒤적이는 것만 같아 그 깊이가 가늠되기도
한다.

시조집『어무이』를 출간하며 시인에게 드리고픈 선물은
'어머니'이다. "부모 살아 계신 분들이 세상에서 가장 부
럽습니다. 저는…" 이 한 마디가 전해져오는데, 그럴 수

만 있다면 그에게 가슴으로 안아 느끼고 싶어 하는 실존
의 '엄마'를 하루라도 빌려주고 싶다. 그럴 수만 있다면.

효산  양원식

경북 예천군 용궁면 월오리 출생

동국대학교 국어국문과 졸업

1999    부산 해동고등학교 교장 역임

1981    가을호 시조문학 추천(가을비가)당선

1982    월간문학 신인상 당선 시조 부문(어느 들녘에 서서)

1984. 01 ~ 87. 12 부산시조문학회 회장 역임

1990    부산일보 신춘문예 심사위원(시조 부문) 역임

1995    부산시조문학회 회장 / 성파시조문학상 운영위원장(재)

1998    부산시교사불자회 초대 회장 역임

1998    부산문학상 문학부문 심사위원장 역임

2005    부산불교문인협회 회장 역임

2013    부산불교문인협회 상임고문

2015    부산광역시 문화상 문학부문 수상

**시조집** 「관등부」외 24권, 시평 외 다수

예지 **심애경**

전남 해남출생
시의전당 문인협회 회장
정형시조의 美 시조문학 회장
영호남 문인협회 부회장
한국문인협회 회원
부산 문인협회회원
시조문학협회 회원
충열문학상후원회 사무국장
동서대 사회교육원 시낭송 수료

**수상**  청옥문인협회 詩 신인상, 부산문인협회 월간문학도시 시조신인상
　　　　충열 문학상후원회 공로상, 석교시조문학 문학상 최우수상
　　　　석교시조문학 문학상(우수상), 8회 무궁화 벽송시조 문학상
　　　　시의전당 문학상후원회 감사장, 송월재 詩낭송 우수상
**저서**  혼을 담은 시조향기
공저 詩, 時調 外 다수

신경환 시조집

# 어무이

초판 인쇄  2020년 7월 15일
초판 발행  2020년 8월 01일


글 신경환 | 캘리그라피 김종기, 혜은 | 펴낸이 김윤희 | 디자인 방혜영 | 펴낸곳 맑은
소리맑은나라 | 출판등록  2000년 7월 10일  제 02-01-295 호 | 주소  부산광역시 중구 중
앙대로 22 동방빌딩 301호 | 전화  051-255-0263  팩스  051-255-0953 | 이메일  puremind-
ms@hanmail.net | Copyright ⓒ 2020 신경환 | 저작권법에 따라 이 책의 내용 중 어떤 것도
무단 복제하거나 무단 배포할 수 없습니다.

값  15,000원
ISBN  978-89-94782-76-8   03810